八十歳の「戦後」

田所 すゝむ
TADOKORO Susumu

文芸社

目次

ネズミの恩返し

栞《しおり》ちゃんはおばあちゃんが大好きです。毎日おばあちゃんのお布団で一緒に寝ます。お母さんのお布団には弟の大《だい》ちゃんがいるから少し我慢してます。おばあちゃんのお話はとっても面白くて毎日楽しみです。でも大抵はお話の途中で寝てしまいます。だから次の日も同じお話をおねだりします。

おばあちゃんは八十五歳です。孫が十人いて八人は少し離れた隣村にいます。おばあちゃんは十人の名前は覚えてません。栞ちゃんが一番かわいいと言います。

おばあちゃんは物忘れが多いです。散歩に行って時々帰る道を忘れる事があります。栞ちゃんは心配でなりません。おばあちゃんに迷子札を作って首から下げてもらいました。それからは道に迷うと、よその人が栞ちゃんの家まで送ってくれます。お父さんは、「おばあちゃんはボケてるからあんまり外には行かせないように」と栞ちゃんに言います。栞ちゃんは悲しくなります。

おばあちゃんは編み物が得意です。十人の孫みんなのクリスマスプレゼントに手袋を編んでます。大きい手の兼《けん》ちゃんのから小さい手の大ちゃんのまで毎晩遅くまで編んでます。そしてクリスマスイブの日に孫全員に手袋をプレゼントしました。みんな大喜びでした。おばあちゃんは一人ずつ渡しましたが、一つ余りました。十一個あったのです。それには指が六本ありました。お父さんは、「おばあちゃんがボケてしまって」と言ったので、みんなが笑いました。栞ちゃんは笑いません。悲しくて涙が出ました。おばあちゃんはどうして十人の孫に十一個の手袋を作ったの？　どうして指が六本なの？

寒いクリスマスの夜、台所の使っていない古いざるの中にその手袋がありました。おばあちゃんが置いたのです。手袋の指の中には子供のネズミが六匹暖かそうに寝ていました。栞ちゃんは、おばあちゃんはすごいと思いました。やっぱりおばあちゃんが大好きです。

お父さんはネズミが増えて困っています。ネズミは人間が食べ残したものを食べ散らかしたり、きれいな家具をかじったり、人間に病気を移したりするそうです。

おばあちゃんに聞いてみたら、冬はネズミだって寒いんだよ、お腹はすくんだよ、可哀そうだね、って言いました。どっちが正しいか栞ちゃんは分からなくなりました。

その日のお布団でのお話は「鶴の恩返し」でした。わなにかかった鶴を助けたお爺さんに鶴が美しい女性に変身して恩返しをしたというお話でした。栞ちゃんは大人になったネズミがおばあちゃんに恩返しに来るかな、何に変身して来るのかな、五年前に死んだおじいちゃんかな、と思いました。おじいちゃんが来たらお願いがあります。弟の大ちゃんに凧揚げを教えて欲しいんだ。大ちゃんは凧揚げがへたなんだ。栞ちゃんが手伝ってやってもお空に上がらないんだ。だからネズミさん、おじいちゃんに変身してお家に来てください、とお願いしました。おばあちゃんへの恩返しじゃないけど、おばあちゃんはきっと喜んでくれると栞ちゃんは思いました。

栞ちゃんは台所の古いざるの中にお手紙を入れました。

「ネズミ様、もし恩返しをする予定があったら、おじいちゃんに変身して来てください」

お父さんはネズミ捕りを仕掛けました。栞ちゃんはネズミが捕まらないように祈りました。ネズミ捕りの網の中にはネズミが大好きなイワシの頭が吊るしてあります。イワシをくわえると網の入り口の扉が閉まる仕掛けです。ネズミが仕掛けに気がついてくれればいいのにと栞ちゃんは祈りました。捕まってしまった仲間のネズミが近くの小川に沈めておぼれさせられたそうです。苦しいと思います。死んじゃいます。捕まったネズミにも家族がいると栞ちゃんは思います。家族が仕返しに来るかもしれません。おばあちゃんに恩返し、お父さんに仕返しで、ネズミ家族はどうしようか困っていないか心配です。またお手紙を書きました。

「ネズミ様、恩返しも仕返しもやめてください。おばあちゃんもお父さんも私は大好きです」

ネズミの家族は話し合いをしました。おばあちゃんを助けて、お父さんをやっつける作戦です。おばあちゃんにお世話になった六匹の子供のネズミは争い事は好みませんが、仲間が川に沈められた十匹の大人のネズミの意見には逆らえず、ついに仕返しの攻撃方法が決定しました。

家の電気配線のコードを食いちぎって電気をショートさせて漏電で火事を起こす事です。

攻撃的な十匹は、家族が留守の昼間に天井の電気コードを食いちぎりました。すぐに火花が出て炎が上がりました。火事です。小学生の栞ちゃんや幼稚園に行っている大ちゃんは家にはいません。お父さんとお母さんは今日もキャベツの収穫で家にはいません。そうです、家にいたのはおばあちゃんだけです。

家は半分燃えて火事は消えましたが、台所とおばあちゃんの部屋が燃えてしまいました。おばあちゃんを助けようと六匹の子供のネズミが火の中に飛び込みましたが、おばあちゃんと六匹のネズミは逃げ遅れてしまいました。

　栞ちゃんが学校から帰ると、お父さんとお母さんと近所の人たちがみんな泣いていました。大好きなおばあちゃんが死んじゃったのです。信じられなくて、悲し過ぎて涙が止まりません。おばあちゃんの近くには、黒くなって動かないネズミの死骸が六個あったとお父さんが言いました。

　栞ちゃんは、おばあちゃんのお墓の隣に六匹のネズミのお墓を作りました。そしてお手紙も埋めました。

「ネズミ様、大好きな人が死んじゃいました。私はどうしたらいいのか分かりません」

　ネズミの家族はまた話し合いをしました。お父さんを困らせる事には成功しましたが、恩返しをしたいおばあちゃんを死なせてしまいました。どうやって恩返しをしようか、何度も何度も話し合いをしました。それで決まった恩返しの方法は、死んだおばあちゃんに代わって栞ちゃんの家族の役に立つことです。

　そしてまた寒い冬がきました。新しくなった二階のおばあちゃんの部屋に夜遅くまで、電気がついていました。おばあちゃんが亡くなってから栞ちゃんはお母さんの部屋で寝ています。クリスマスイブの日、栞ちゃんが朝起きておばあちゃんの部屋を見ると、幾つもの手袋がありました。きっとおばあちゃんに変身したネズミが編んだのでしょう。栞ちゃんの家族への恩返しのプレゼントに違いありません。でも、すべての手袋には六個の指がありました。

（完）

差別の向こうに

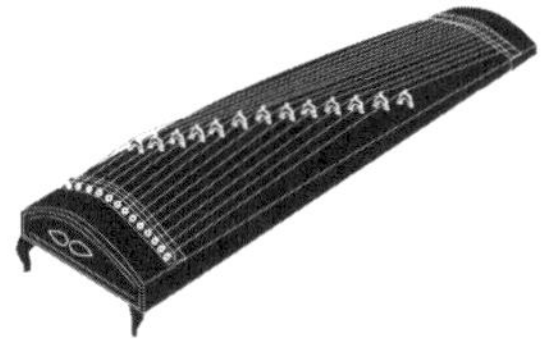

一　出会い

来週から群馬県の小学校では全国一斉テストが始まる。なのに、茎伸一《くきしんいち》は教科書を教室に置いたままである事を思い出した。月曜日の算数は全く歯が立ちそうもなく最初からあきらめていたが、とりあえず一夜漬けでもと思い、土曜日の夕方遅い時刻ではあるが小学校へ戻った。用務員のおじさんにお願いして、薄暗い三年三組の教室の電気をつけてもらった。

「新しい算数」を持って教室を出ようとした時に、一組の教室にも電気がついている事に気がついた。不思議に思い覗いて見ると、背格好も髪型も伸一に似た男の子が探し物をしているようだった。不審に思って「どーしたの」って声を掛けると、その子はチョット驚いて「忘れ物」と答えた。伸一が「もう外は暗いよ。一緒に帰る?」と言うとにっこり笑って「いいよ」と答えた。用務員のおじさんに挨拶して二人で裏門から出た。家はどっちなのかって聞くと、裏門から出て右に曲がってしばらく行ってから郵便ポストを左に曲がってってって言ったので、「ふーん、僕んちはポストのもっと先さ。君は何クン」って聞くと「箱明《はこあきら》」と返事があった。「へえー、はこ君って言うんだ。めずらしいな。僕は、くき・しんいち。めずらしいかい?」と言って苗字から似た境遇だった事を感じあって二人で笑った。何だか急に友だちになった気がした。それから算数が絶望的である悩みを打ち明けると、箱君は自分も算数は苦手だけど、今度一緒に宿題しようよと言ってその日は別れた。普段は近所の仲間たちと放課後の時間をつぶすけれど、あの日の後、一週間は机に向かって過ごした。

一斉テストが終わった次の月曜日に伸一は一組の教室に行って、箱君の事を尋ねてみた。ところが誰もが「知らない」「そんな名前聞いた事ない」。他のクラスで聞いても笑って「箱?」って言うだけだった。あの夕暮れの教室で忘れ物を探していた男の子は一体どこに行ったのだろう。一緒に宿題をしようと僕に言ってくれたのに……。

伸一は左目が見えない事でいじめられる。家は貧しい農家で、ヤギの餌の草刈りが朝飯前の日課である。小学校四年の時に、畑の土手で草刈りをしていた父親の鎌のとがった刃先が伸一の左目を突き刺した。左目が見えないのと大量の血でパニックとなったが、伸一の家では医者には行かない。駆けつけた母親が「おがみや」と呼ばれる祈祷師を呼んで来て平癒のお祈りをするのである。一族が集まって夜を徹して祈った。そして翌朝は嘘のように出血は止まり、傷口はふさがったように見えた。祈祷のおかげと人々は喜んだ。ただし、痛みはあるし左目は見えない。多分、一生見えないと誰もが分かっている。

伸一の居住地域はいわゆる「部落」と呼ばれ、経済的理由もあって医者には行かなかった。不思議な事に、気絶するような痛さの中で茎伸一は箱明君と一緒に宿題をしたり、カケッコをして楽しく遊ぶ夢の中にいたのである。

五年生の夏に父親が亡くなった。亡くなる間際に我が家が「部落民」である事を改めて教えられた。昔から周囲の人々に村八分と言われるいろんな差別を受けた事などを三年生の妹美佐《みさ》と一緒に枕元に呼ばれて聞かされた。

珍しい苗字は日本人のものではない事。結婚相手は同じ部落民とに限られている事。この地域から離れたければ引っ越しして新たに出直すのは自由だよと父は話した。それと伸一は生まれた時は双子だった事。部落の風習で双子の弟は生まれてすぐに赤城山の北峯側に住む父親のいとこで子供のいない家に養子に出された事を教えられた。そして最後に草刈り鎌で伸一に障害を与えた事は悔んでも悔みきれないと詫びた。

茎伸一の学校の成績は芳しくなかったが、貧乏百姓から母親を助けるために農業高校へ進んだ。目が不自由な事からスポーツは不得意で友人は少なかったが、カケッコは得意で陸上部へ入った。ただし直線コースの種目に限られた。真っ直ぐ走るのは繰り返しの練習でできるようになったが、片目ではグラウンドを回る感覚はつかめず、周回遅れが指定席であった。そこで伸一は考えた。「そうだ新聞配達をやろう」。駆け足で配達をすれば、足腰は鍛えられるし、方向感覚が身につく。その上お給料は生活の助けになる。早起きはヤギの世話で慣れていたし、学校に許されたアルバイトでもあった。

赤城おろしの空っ風で寒い朝や冷たい雨の日は辛かったが、そんな日はいつも箱君が一緒に走って、励ましてくれた夢の中であった。そして陸上部の記録会はコーチが驚くものとなった。

高校三年生で地域の青年団に誘われて部落選抜のマラソン選手に選ばれ、なんと大会記録を出して関係者を驚かせた。「片目のマラソンランナー」「部落民の星」の見出しで役場の広報が取り上げた。あえて使われた差別的表現が周囲の関心を集めた。

伸一は自分を見失った訳ではないが、周りが変わった。「部落解放運動」の先導役である村の青年団に持ち上げられ、農業高校在学中に地域の若手改革派の一人として一目置かれる存在になった。そして、夜間は農地改良事業所でアルバイトをしながら社会運動の小間使いを始めた。部落民ではなかった青年団役員が、部落出身の女性と恋に落ちたが、双方とも両親が許さず、結果、薬を飲んで心中してしまったらしいと、噂を聞いた。「部落解放」のビラがそこかしこに張られた中でである。

ある時、伸一が解放運動の手伝いをする中で、地域の住民リストに「箱」姓を発見した。読み方は分からないが、仲間に尋ねると箱姓は群馬には少ない「在日コリアン」らしいと分かった。伸一の想像した通りで、改めて夕暮れの小学校で出会い、夢の中で楽しく遊んだ異次元空間の箱君の存在を確信した。

二　異能

箱明は三歳の時に韓国から父母と姉二人との家族五人で仕事を求めて群馬に移住してきた。当時の韓国人は日本語を教育されており、日本国籍は取れたが、韓国人で通した。汚れ仕事とは言え日雇い仕事にありつくためであった。明の母親は育ちのいい日本美人とも言える顔立ちで、すぐに役場の事務員に採用された。末っ子の明が小学生の間は両親の稼ぎでなんとか生活できていたが、中学生になって三人の教科書代が払えなくなり、教科書が無償になる生活保護を受けざるを得なくなった。生活保護申請は役場の仕事であり、届け出先は明の母親のいる窓口であった。母は汚れ仕事である死体処理の作業で収入を得ていた父を無職とごまかして申請して、それがばれて役場をクビになった。父親の日雇い仕事が隣村にあり、翌日には引っ越しして転校した。簡単にクビにできるからこそ、韓国人にも仕事があった。生活のために母は引き揚げ荷物の中でかさばった古い日本のお琴を出して近所の裕福な家庭の子供に教え始めた。戦争で韓国を引き揚げる時に日本人がくださったものであった。

箱明は中学卒業後は働きながら夜間高校に入ったが、将来はどう生活するかを真剣に考え、見よう見まねのお琴に才能を開花させ、お琴の演奏を仕事とする事を考え始めた。母が着物姿でお琴に向かうのが殊の外好きだった事が大きい。仲間を集めて始めた演奏はいわゆる座って弾く古典的な演奏ではなく、立って踊るように演ずる奏法で、シンセサイザーやドラムとセッションする新興ジャズ音楽であった。これはテレビで見た外国のバンドをまねたもので、高校卒業後の町のコンテストでは演奏スタイルが珍しくマスコミに騒がれた。エルクンバンチェロを得意とし、出演依頼が少なくなかった。バンド名は

「ＫＪＯ（Korea Japan Orchestra）」とした。熱狂的なファンの一人に茎伸一の妹の美佐がいた。茎美佐はバンドリーダーの明とは面識はあるが、兄の伸一とのつながりを知る由もなかった。

伸一の双子の弟の分比呂《ぶんひろ》の父親はパチプロであり、在日コリアンが経営するパチンコ店が多い北海道に渡っていた。子供のいない若い夫婦が是非養子にと頼んできた事と、子供にはスキーを教えたいという両親の夢を聞いて、伸一の父は喜んで養子に出した。しかし子供が欲しい事と育児をする事の違いは若い親には理解しがたいもののようであった。学校の成績は低空飛行でも塾や習い事にお金をかける事など全く理解できず、学校の教育に無関心であった。幸い比呂は運動神経に恵まれスキー競技のジャンプ種目で中学三年生の時北海道の代表に選ばれ、推薦で商業高校へ進んだ。そしてインターハイで内地に行くのが夢となった。行った事のない内地に行けば双子の兄に会う事はかなうのかなと思った。

ラージヒルの大ジャンプでは何度も踏み切りに失敗しては死ぬほど怖い思いをしたが、ギリギリで兄の伸一に背中を支えられる感覚があり、多くの大会でＫ点を越えて好記録を出した。マスコミには「Ｋ点越えの鳥人」と呼ばれて、三年生で群馬県へのスキー留学も経験した。

一家はパチンコで生計を立てており、生活は苦しかった。パチンコの機械がデジタル化する波の中で客の投資額ともうけ金額はコンピュータで管理される時代となった。お店に雇われても人間が機械の釘の向きを調整する時代は終わり、父親は比呂の高校卒業を待ってパチプロを辞めて、親戚のいる群馬でラーメン店を開く決心をした。比呂はインストラクターの資格を取り、群馬のスキー場でスキー指導員として働き始めた。

三　再会

一九XX年、二十四時間のテレビ放送「愛で地球を救おう!」の企画番組が群馬県の部落解放運動を取り上げた。部落問題というと例年テーマが「結婚問題」か「ヘイトスピーチ」に関するものがメインであったが、この年の番組制作部門が企画したのは部落民三名の体験報告であり、スポンサーも信じがたい異例の番組となった。

茎　伸一君　隻眼《せきがん》のマラソンランナー

分　比呂君　　K点越えの鳥人スキージャンパー
箱　明君　　ジャズバンドの琴プレーヤー

以上の三人はそれぞれ部落民である生い立ちを話し、誇れる特技がある事、その特技は自分の努力を超えた結果が得られている事を番組の司会者は正直に発表した。

更に今日登場したこの三人のメンバーは、離れていてもつながり合っている感覚をお互いに共有しているのだと司会者は説明した。茎伸一は箱明と異空間で出会い、夢の中で一緒にランニングをしている。分比呂はスキーのジャンプ競技で兄に助けられている。彼ら三人は遠く離れて別々の生活、人生を過ごしている人間でありながら、運命を共有しているように見えた。しかし納得して聞いているスタジオスタッフはいない。

番組としては「これが部落民の目に見えぬ一体感というものなのか」という提起の仕方なのである。紹介されたステージの三人には明らかに異次元と錯覚させるオーラはある。「茎君と分君は幼くして別れて暮らす双子ですが、大きな力で助け合っていたのは精神的な支えなのか?」「いや、これが『潜在能力』と言われているものなのだろうか?」「もしそうだとしたら、再会を果たして彼らの特殊能力は消え、もはや潜在能力というものは発揮できないのではないだろうか？　彼らは番組の計らいで実現できた夢のような再会を喜んでいるが……」

そして危惧された通り、後の公式試合での茎君と分君の記録は極めて平凡なものとなり、マスコミも全く興味を失い、悲惨な想像が現実となってしまったかに思えた。後日、検証番組でのコメンテーターの話では、閉鎖社会で近親結婚が繰り返される地域にはこのような特殊能力者はまれに見られるらしい。

ただ一人、箱君の活躍は別格であった。箱君のバンドＫＪＯの演出には常識を覆すカリスマ性が感じられた。発表する新しい楽曲は箱君自身が驚く人気ぶりだが、自分の才能だけではないと思っている。舞台演出は「匿名　朝日一郎」の名で、送り主不記載で郵送されてくる企画によるものが多い。お琴三面を演奏者の周りに配置して三人で演奏しながら歌って踊るパフォーマンスはマニアの人気を独占した。匿名演出家の謎が話題を増幅している。

四　演奏活動

マイナーの新人バンドを音楽制作会社は海外に売り出そうとした。メンバーが部落民である事が話題でもあるので、宗教、人種による多くの差別があるとされるマレーシアを選んだ。つまりイスラム教徒のマレー系、仏教徒の中華系、ヒンズー教徒のインド系などの集合体であるマレーシアは長い歴史の中で混乱と妥協を繰り返して、多くの差別の中で共にこの国で暮らしていると聞いた。結婚やヘイトスピーチに悩む日本の部落対策のヒントがありそうである。

ＫＪＯの演奏は予想を超えて受け入れられた。大音響で歌い、演舞する楽曲は南国の人々に喜ばれたが、お琴のもつ寂寥感漂う繊細な日本調バラードも喜ばれた。また、マレーシアの民族楽器ルバーブと琴とのコラボは予想以上の感動を呼んだ。

地方での演奏活動での若者との談話では日本の部落の存在、部落を超えての結婚についての問題を知ってもらった。マレーシアでは異なる宗教間の結婚はケースとしては少ないが、独自の部落のしきたりに従う事で珍しくはなくなってきており差別とは思わない。しきたりとして、結婚しようとする男性に割礼《かつれい》を含めた改宗儀式が行われる。つまり仏教徒である男性がイスラム教徒に改宗する事で実現するらしい。仏教徒同士、イスラム教徒同士、ヒンズー教徒同士の結婚が一般的であるが、この事は近親者同士の結婚の危うさがある。マレーシアの片田舎には目が不自由な人が目立つ村があると言う。

一日五回のイスラムのお祈りや断食のごとき戒律は、差別という認識を超えて独自宗教として受け入れられている。一方、多人種国家である事により、人種の違いによる教育機会、就業機会の格差は大きく、この差別問題は各地で声を大にして訴えられた。大企業も公務員も日系企業も人材採用政策に関してはこの差別に悩んでいる。国の政策として長年の施策であるので改革の期待は小さい、が本音のようである。多人種が融合するには長い年月が掛かるだろう。近年イスラム原理主義に囚われないモダンイスラムと呼ばれる若者たちもおり、若年層の政治参加が差別解消への希望の道であるようだ。日本も同様である事を箱明たちは再認識した。経済レベルが高く、日本人が暮らしやすいと言われるマレーシアでさえ差別改革途上であり、後進諸国の差別問題は想像を超えるものだろう。

帰国したＫＪＯを待っていたのは朝日一郎氏によりアレンジされたクラシックであった。それはブラームス作曲の「交響曲第3番第3楽章」で元々はオーケストラの楽曲であるが、映画、CMにアレンジされ人気が出たもので、韓国ではファンが多いらしい。これをお琴でフィーチャーし、朝日一郎氏がアレンジした。

一方、ファンや音楽制作会社は朝日一郎氏探しに躍起である。箱明の部落民独特の感覚を理解できる特出した才能を持った者だろう事は知れ渡り、茎伸一でもなく分比呂でもない者が身近にいるはずである。次はスケールの大きな演奏を期待されるとすれば、必ず舞台監督が顔を見せると思っている。そして、もし箱明が朝日一郎氏と出会う場面があるとしたら、その空間は如何なものだろうかに興味が集まっている。

郵便でKJOリーダーの箱明宛に舞台スケッチが送られてきた。舞台前列は五台のアルパ（小型ハープ）、その右後ろに五面のお琴、左後ろは木管楽器、最後列にパーカッションとドラムでオーケストラを再現するようだ。箱明はスケッチに沿った編成で演奏者を集めリハーサルを重ね、全く新しい音の世界が生まれつつある。しかし、レコーディングを控えても朝日一郎氏は顔を見せない。

茎美佐はKJOの熱狂的ファンであり、箱明に心を寄せる乙女である。しかし陰のファンであるために会場へは行かない。もし部落民である自分の特殊能力が明の潜在能力の原動力になっているなら、会ってはならない。会って気持ちを伝えたいのに。

美佐には子供の時から絶対音感があり、音程の確かさのみならず異なる楽器の音の重なりを聞きわけるオーケストレーションの耳が備わっている。複数の楽器が重なるアンサンブルではKJOにはなくてはならない能力である。兄伸一のランナーとしての特殊能力が箱明に実際に会ってから消滅した事から、自分は箱明に会ってはいけないと判断した。

朝日一郎という男の名前で精いっぱい存在を訴えてはいるが、もうこれ以上感情を抑える事はできない。限界であった。

五　音楽祭

KJOの活動は少しずつメジャーのエンターテイナーとして認められてきた。同時に部落解放運動のシンボルとしての活動を求められてきた。

北海道に住む先住民族である「アイヌ」は、長年部落差別への理解を求めて活動している。差別と闘い、文化の多様性の理解を求めて「多文化共生」を訴えてきた。結婚は関係者の努力で大分偏見がなくなってきていると聞いた。その解放運動の推進者から箱明の元へ、この秋に横浜で開催予定の「アイヌ解放フェスティバル」への出演依頼が届いた。フェスティバルのフィナーレを飾る特別出演との事である。もちろん名誉な事であり、ありがたく受けた。一方、演出をどうするかの問題が頭を悩ませた。朝日一郎氏は何か月か音沙汰がない。連絡は常に一方通行であったために今回のフェスティバル出演を知らせる手段がない。そこで異例ではあったが、企画段階でファンクラブ内にニュースを漏らした。朝日一郎氏がニュースを見るか、ファン同士が連絡し合うかを信じて。作戦が功を奏して朝日一郎氏から連絡がきた。

「ご出演おめでとうございます。前回リリースしたCDのブラームスはすばらしかったです。アルパの音域の広さがオーケストラのヴァイオリンに匹敵するリーダーシップを発揮しました事に、音楽ファンが改めて驚いた事でしょう。この度は特別出演ですので冒険はやめましょう。アイヌ音楽のテイストで箱明様のお琴のソロをフィーチャーしたオリジナルをたっぷり聞いて頂きましょう。小編成がよろしいと思いますが、演出はお任せ致します。

只今旅に出ておりますが、フェスティバルが横浜の音楽センターであるなら客席最前列で見たいと思います」

フェスティバルの当日、基調講演に舞踊、音楽、演劇と続きフィナーレを迎え、ＫＪＯの幕が上がった。その時、客席最前列にいたのは朝日一郎ならぬ茎美佐であった。男性ではなく女性で、それも茎伸一の妹美佐がそこにいた。音を立てて何かが変わった。

六　メジャーデビュー

ＫＪＯの実績も人気も世間に評価され、大手レーベルからメジャーデビューの話を頂いた。箱明は従来の延長線ではない新たな音楽を創造し、新たなファン層を獲得しようと画策した。基本は「差別に抗う部落民のバンド」である事。プロデュースはメンバーに正式加入した美佐が一貫して担う事。そしてバンド名も変えて「ザ・ビレッジ」として再出発する。従来カバー曲のアレンジで人気を得てきたが、デビュー曲は小編成のオリジナルで勝負したい。

美佐の考えでは、マイナーな曲調が我々の持ち味と思っているので、当面はお琴にこだわって、いわゆる「和楽器バンド」風ではあるが、前半はフルートとお琴の共演で後半はフルートに代わってピッコロで終わる小曲をザ・ビレッジのデビューを祝う曲としたい。意欲作というより、少し抑えたデビュー曲となるだろう。ピッコロのコミカルな曲調が若者に受け入れられCMに使われればと願っている。

部落民の潜在意識下の能力の話題は世間の関心から遠のきつつある。明と美佐の不安を抱えての結婚のせいかもしれない。「結婚」は異次元空間を超越するものだったのか、どんな試練が待ち受けているのだろうか。

（完）

ジイジは金星人

昔から「金星」は人を魅了するビーナスと呼ばれ、美しく輝く星として親しまれていま す。「宵の明星」「明けの明星」とも呼ばれ、それぞれ日没後、日の出前に見えるひときわ大きく明るい星で、愛と美の女神と言われる所以です。

満里子《まりこ》のジイジは何でも知っています。学校の勉強は算数でも国語でも何でも教えてくれます。テレビのアニメでもバラエティーでも何でも知っています。まるで宇宙人のようです。でもおかしな所があります。その一つはすごい寒がりです。夏でも長袖のパジャマを着てお布団を掛けて寝ます。二つ目は方向音痴な事です。バイキング式のレストランで料理を取った後、自分のテーブルが分からなくなってウロウロ探し回ります。満里子が迎えに行きます。おかしな宇宙人なんです。

その事をジイジに聞いてみました。誰にも内緒という固い約束で教えてくれました。

ジイジは金星から来たらしいです。ジイジと同じように宇宙から来た人は他にもいるらしいです。来たと言っても「魂《たましい》」の話という事でよく分かりません。金星では金星人の「魂」が暮らしているんですって。人間のような形はないけれど「意識」があるようです。

金星から見る地球は、それはそれは蒼く輝く美しい星らしく、多くの金星人に宿る魂は地球への移住を望んでるけれど、金星の政府は許さないらしいです。将来の宇宙間交流のために地球と金星双方に役立つ魂を国家試験で選んで地球に送り、地球人の体を借りて地球の文化を学習するんだそうです。魂は潜在能力や遺伝子に入り込むもののようです。

それで「ジイジは国家試験に合格したの？」って聞いたら、学科と地球環境への適応力の試験があり、ジイジは点数不足で補欠合格だったそうです。「何の試験が不合格だったの？」と聞いたら、「金星の気温は平均四五〇℃で、ジイジは地球の低い気温に耐えられない寒がりである事」と「ジイジは方向音痴だから金星に帰ってこられない心配がある事」だそうです。地球に送られた補欠の魂がたまたま満里子のジイジに宿ったという事のようです。満里子はジイジの秘密は絶対に他人には話さないつもりです。

ジイジは地球のために何ができるか真剣に考え、村のいろんな人にどうしたら人の役に立つのか聞いてみました。人の役に立つのは「そりゃー村長だ」って言う人が多かったです。そこでジイジは満里子たちの住む田舎の村長選挙に立候補しました。公約は、村興しのために知的なゲームと教えられた「麻雀」の普及です。楽しそうな村興しに人気が湧いて当選しました。

まず、中学校の授業科目に麻雀のルールと実技が取り入れられました。学校では定期検定試験がありますし、村では地区対抗の大会もありますので、先生も村人も毎日麻雀の勉強です。その結果、生徒の計算力、記憶力、思考力、判断力、決断力、どれも驚異的に向上しました。そして全国の共通学力試験では、ジイジ村長のいる田舎の中学校がトップ10に入り、村興しは大成功に思えました。

ところが、村じゅう何処へ行っても農民が昼間から「チー」「ポン」「ロン」と叫んで麻雀に熱狂して、あまり農作業をしなくなりました。大人同士はお金を賭けていますので、いつも負ける人は生活が苦しくなりました。村の存続問題に発展し、困った事態の解決に村議会では麻雀禁止条例を可決しました。推進者の村長は責任を取らされ、ジイジは辞職し、失業してしまったのです。日本人がこんなにゲームに熱中しやすい国民だったとはビックリです。ジイジの予想をはるかに超えていました。

次にジイジが選んだ人のためになるお仕事は「そりゃー交番のおまわりさんだ」って村の人たちが言います。自らの体を張って住民の安全を守る尊いお仕事らしいので決めました。

まず、小学校低学年の通学指導です。正しい交通規則と元気のいい挨拶を教えます。ドロボーはあまりいませんので主な仕事は道案内です。子供やお年寄りやよそから来た人が道に迷ったら交番に貼ってある地図でやさしく教えてあげます。分かりにくい場所へは自分も一緒に歩いて案内して大変感謝されます。でも心配した通り、時々送って行ったおまわりさん自身が帰って来ません。帰り道が分からなくて村の子供たちに送られて来ます。田舎の駐在所では体を張るような事件・事故はなく、ジイジは毎日が平和すぎて退屈してしまいました。なかなか人のためになるようなやりがいを感じる事ができず辞めさせてもらいました。

次に就いたお仕事は、やりがいがあり、ヒーローにもなれるのは「そりゃー田舎相撲の横綱だ」ってみんなが言うし、体力には自信があったので、大人気の田舎相撲の相撲取りに挑戦しました。ジイジは力持ちですが相撲経験はありません。ふんどし一枚で取っ組み合いをする事さえ知りませんでした。まず相撲部屋へ入門して、ふんどし一枚で室内にある土俵で厳しい稽古が始まりました。厳しい親方の指導と努力を重ねて半年ほどで見違えるほど強くなって横綱にまでなりました。村のヒーローになれるかもしれません。横綱のお披露目は屋根のない神社でやる村祭りでの取り組みです。

「はっけよーい」「はっくしょん」……「はっけよーい」「はっくしょん」……なかなか取り組みが始まりません。ジイジは寒くて寒くて、くしゃみが止まらないのです。上着が欲しいとお願いしましたら周りのみんなが大笑いしました。それで相撲でヒーローになるのは諦めました。


ジイジは今はお仕事はしていません。地球人のお役に立ちたいといろいろ挑戦したけれどあまりお役に立てなかったようです。もともと優れた宇宙人ではなくて金星の「補欠」ですから力不足でした。今は満里子の宿題のお手伝いをするだけの日々です。ジイジは悩んでいます。こんな事なら地球に来なければよかった。ジイジは悩みを満里子に伝えました。

「ジイジは今のままでいいんです。特別な人でなくていいんです。これからもバアバと家族を大事にするジイジでいて欲しいです」と満里子は答えました。ジイジはもう少し地球の事、日本の事を勉強してから、またお役に立つお仕事をするつもりです。そしていずれジイジの魂は今も美しく輝く金星に帰ります。

　宇宙人はもっと沢山いるかもしれません。いろんな星から地球に来て、すごい能力を発揮してオリンピックで金メダルをとったり、紅白歌合戦で歌やダンスを披露したり、物理学や医学でノーベル賞を取ったりして大活躍をしている人がそうかもしれません。そうではなく普通に社会に溶け込んでいるジイジのような宇宙人がいてもいいと思います。宇宙人が超能力者であるとは限りません、と満里子は思います。

（完）

料金受取人払郵便

新宿局承認

2524

差出有効期間
2025年3月
31日まで
（切手不要）

郵便はがき

1 6 0-8 7 9 1

1 4 1

東京都新宿区新宿1－10－1

（株）文芸社

愛読者カード係 行

お名前《ふりがな》		明治 大正 昭和 平成	年生 歳
ご住所《ふりがな》	□□□-□□□□	性別	男・女
お電話番号	（書籍ご注文の際に必要です）	ご職業	
E-mail			
ご購読雑誌（複数可）		ご購読新聞	新聞

最近読んでおもしろかった本や今後、とりあげてほしいテーマをお教えください。

ご自分の研究成果や経験、お考え等を出版してみたいというお気持ちはありますか。

ある　ない　内容・テーマ（　　　　）

現在完成した作品をお持ちですか。

ある　ない　ジャンル・原稿量（　　　　）

書　名			
お買上 書　店	都道 府県　　　　市区 郡	書店名	書店
		ご購入日	年　　月　　日

本書をどこでお知りになりましたか?

1.書店店頭　2.知人にすすめられて　3.インターネット(サイト名　　　　　　)

4.DMハガキ　5.広告、記事を見て(新聞、雑誌名　　　　　　)

上の質問に関連して、ご購入の決め手となったのは?

1.タイトル　2.著者　3.内容　4.カバーデザイン　5.帯

その他ご自由にお書きください。

(　　　　　　　　　　)

本書についてのご意見、ご感想をお聞かせください。

①内容について

②カバー、タイトル、帯について

弊社Webサイトからもご意見、ご感想をお寄せいただけます。

ご協力ありがとうございました。

※お寄せいただいたご意見、ご感想は新聞広告等で匿名にて使わせていただくことがあります。

※お客様の個人情報は、小社からの連絡のみに使用します。社外に提供することは一切ありません。

僕は「先生ンちの子」

田舎では「先生ンちの子」は一目置かれます。利口そう、真面目そうという目で見られます。医院の子も駐在の子もそうです。

僕の母親は僕の通っている小学校の先生で、僕は入学前から職員室への出入りは自由でしたから先生の顔はみんな知っています。担任の若い女の先生は母の後輩です。僕の事をとても可愛がってくれます。この事はクラスのみんなが認めている事です。「えこひいき」って陰で言われている事はよく知っています。子供ながらに友達の嫉妬の目は怖かったです。

学年が上がって担任が代わっても授業ではよく指されます。大体正しく答えます。田舎ですので勉強嫌いの子ばかりです。だから通信簿はほとんど「5」です。でも図工はあまり好きではありません。校外での写生は適当にエンピツで下書きして、水たっぷりの絵の具を塗りつけるだけで、後は友達と遊ぶ自由時間です。

でも、この絵が村の役場に飾られたり、地域の展覧会で入賞したりして僕には訳が分かりません。弁論大会や体操競技会でも予選会は免除されて学校代表に選ばれたりします。

学芸会では大体主役です。これは「メッチャえこひいき」ってやつですよね。高学年になると放課後、友達は遠くの自宅まで僕を連れていき、親に「これ、先生ンちの子」と自慢そうに紹介したりします。親も「先生ンちの子」が自分の子の友達である事を喜んでいるようです。でも帰る時は一人です。夕暮れの長い田舎道は、ほんとうに心細かったです。

先生同士が忖度し合うのは分かる気がします。先生と言えども人には言えない過去があります。大学での素行不良や成績不良で留年している事や、家庭問題を起こした事は赴任先の学校には知らされています。着任してからも職員同士のいさかいや恋愛問題を起こす事がありますが、そんなこんなの情報のほとんどが母親を通して僕には入ってきます。もちろん僕は口が堅いと思われての事です。直接母の「ここだけ」の内緒話で知ったり、教師仲間が家に寄って茶飲み話をして帰ったりで仕入れる情報です。だから母親の同僚である諸先生方は僕が何でも知っていると分かって、保身で「えこひいき」しているんです。間違いありません。

しかし、先生同士の恋愛はどうしても黙っていられず、友達に話しちゃう事があります。あっという間に全校の噂です。ごめんなさい。

中学生になると母親の威光はありません。周囲の仲間も学習しましたので、僕の「コネ」と実力の違いに気がつきます。その結果は「仕返し」です。元より力ずくのいじめではなく、嫉妬心からの反抗ですから、考えました。僕をワルガキの仲間に入れる事にしたのです。

「先生ンちの子」は真面目一本、クソ真面目ですので、女性と話した事はありません。ゲームセンター、カラオケも知りません。学校で禁止する事をやる訳ありません。やる訳ありませんが好奇心は一人前にあります。ちょっと悪女っぽい茶髪の年上女性には惹かれますし、一緒にゲームセンターやカラオケには行ってみたいです。でも行ったら成績が下がると信じているんです。

ワルが僕に紹介したのは、日焼けして口が大きくよくしゃべる他校の同年齢の女性でした。会ったのは役場の図書室で、僕は高校の受験参考書を読んでいた時で、「一緒に帰ろう」という誘いでした。まあ好みで言えば合格の範囲でしたので、声は震えてしまったけど「いいよ」と言って出口に向かいました。女性と話したいのはやまやまですが、しゃべるのは彼女だけで僕にはまったく話題はない上、なにしろ緊張でドキドキが止まる事はなく、僕の家の近くまで一緒に歩くだけで終わりました。「先生ンちの子」が女性と二人っきりで歩くなんて大ニュースです。すぐに噂になりましたし、学校でも家でもからかわれました。けど僕はちょっと自慢でした。

ところが事件のない田舎の事です。たった一度一緒にいる所を見られただけで、彼女が妊娠した事になってしまいました。もちろん根も葉もない出鱈目ですが、これが田舎の怖いところです。彼女の父親が僕の家を訪ねてきて、母親に「責任を取れ、娘は嫁に行けない」「先生の子供が何たる事だ」という事になっちゃいました。母が平謝りして何とか収まりましたが、世間が大好きな話題ですから噂はしばらく消えませんでした。まいりました。

噂を広めたのは彼女を僕に紹介したワルでした。問い詰めたら白状しました。こんな大騒ぎになるとは思ってなかったようですが、ワルとその仲間の仕返し作戦は一応成功しました。僕は「先生ンちの子」は終わって将来の夢から「先生」が消えました。

（完）

ランカウイ島の夕日

ここマレーシア・ペナン島の人気ゴルフ場の駐車場には、今朝は特殊なナンバーの高級車がいっぱいあります。いわゆる外交官ナンバーと言われ、ローマ字に2000番とか5000番というプレートが付いてます。こんな日はプレーに時間が掛かる上にクレーム、トラブルに巻き込まれかねません。

決してうまくはない高級官僚が大金を賭けたゴルフに興じます。

一般客は敬遠して二、三組の間を空けてプレーの予約を入れます。お金を賭けていますからキャディの影響も大きく受けます。キャディはうまく振舞えば法外のチップが手に入ります。池に打ちこんでしまったはずなのに、落下地点ではフェアウェイのど真ん中に見つかるなどは当たり前です。明らかにOBで二打罰だったのにアウトを示す杭の位置が変わっていてセーフ、などという事も日に何度かあります。問題が起こるのはプレーヤー全員が見ているグリーン上のパッティングで、ごまかしようがありません。キャディが右に曲がると言っているのにそのように打てないでスコアを落としてキャディに当たります。キャディをパターで殴っているのを見る事もあります。キャディの多くは中学を卒業したばかりの若者で、正式にはクラブを担ぐために一名、マレーシアは日差しが強いという理由で日傘持ちが一名で、プレーヤーと三名で一組十二名の移動です。

事件はこんな状況の中で起こりました。三組の官僚たちは午前中のプレーを終えて食事を済ませて午後のコースに戻るようですが、一人の運転手が主人が見えないと騒ぎ始めました。位の高そうな制服でリムジンに乗って来た客です。その後、キャディが集められてすべてのコースと建物を探しましたが、マレー人の高官モハマド氏が見つかりません。コースには池が点在しているので、潜って探したり、警察も呼ばれて大掛かりな捜索をしましたが難航しています。夕暮れが迫っており、事故なのか何かの事件なのかもさっぱり掴めないまま、当日の捜索は終わりました。ロビーで待機状態だった一般客は後日の呼び出しを条件に帰宅を許されました。

そんな中で実はもう一つ不可解な事件が起きていました。翌朝コース内の池に人が浮いているらしいと報告があり、警察が呼ばれて身元確認がされましたが、何と探していたマレー人のモハマド氏ではなく日本人らしいという報告です。日本領事館のスタッフが呼ばれて判明した日本人は、駐在歴五年の部品メーカーの社員の森林氏でした。それも池で溺れた様子はなく、殺害され池に遺棄されたらしい殺人事件と判断され、騒ぎは更に大きくなりました。翌日になってもモハマド氏は見つかっておりません。何と不可思議な事件が重なりました。

マレーシアでは裏社会に覚醒剤がはびこっており、シンガポール、オーストラリアへの持ち込み拠点と言われています。その運び屋には日本人や韓国人が関係していると思われています。森林氏の名前は当局のリストにあったようです。たしかにオーストラリアへの旅行は頻繁であった上、税関での彼の荷物検査は殊の外厳しかったとゴルフ仲間は証言しています。彼の交遊関係は、会社の同僚と趣味のゴルフ仲間とカラオケ仲間ですが、「日本人村」と揶揄されるようにすべて共通の友人たちです。従って当局の捜査対象はこの日本人村の関係者でした。外部と接触できるのはカラオケ店で、外国人の交流も比較的自由です。カラオケ店で覚醒剤を入手してオーストラリアで売りさばく図式が描かれましたが、カラオケ店の関わりは判明できておりません。

ペナン警察の捜査の手はじめは日本人に人気の「ユキラウンジ」で、日本人のユキママと片言の日本語を話すホステスが三十名ほどの中規模のカラオケラウンジです。こんな口の軽い若い女性ばかりの所で薬物の取引がやられているとは思えませんが、執拗な捜査が継続され、マレー人のバーテンダー・ハルーンが警察に目をつけられました。森林氏との接触があった事をホステスが証言したためです。

森林氏は半年前にバーテンダーから入手した覚醒剤をゴルフクラブのヘッドを外してシャフトの中に隠してオーストラリア行きの飛行機に搭乗しました。決して見つかるはずもない隠しどころでありましたが、内偵を続けていたオーストラリアの税関では発見されました。しかし裏組織の追及に焦点を置いた当局は、森林氏の身に覚えがないとの主張に嫌疑不十分で検挙はせず、「泳がされて」いたのです。その結果、帰国後ペナンのゴルフ場で組織に消されるはめになりました。森林氏はゴルフプレー中の事故と日本には伝えられました。またバーテンダー・ハルーンは行方不明とユキママは言っています。

ところで時期を同じく姿を消したマレー高級官僚のモハマド氏はどうなったのでしょうか。国家機密があるためか捜査の進捗は伝わってきません。ただ事件の起こったゴルフ場とその近辺では変わらずモハマド氏の写真を持った捜査官が行方を調べているようです。建物、池すべてを何度捜索してもゴルフ場内には見つからないとなると、個人的な逃亡か拉致という事になるのだろうと思います。もちろんペナン発の飛行機、国道のすべては厳重監視下にあります。

ところがモハマド氏が捜査官に見つかったのは同じマレーシアでペナン島からフェリーで北へ三時間、タイとの国境に近い新開発リゾート地のランカウイ島でした。広域捜査対象の飛行機でも、国道でも見つからないはずです。そして一緒にいたのが何と北朝鮮の政府関係者キム某と四人の北朝鮮の工作員でした。

モハマド氏のペナン島脱出は共産国北朝鮮との接触が目的としか考えられませんから、マレーシア政府の最高機関の極秘計画があっての事で、決してマスコミや政府の関係者といえども漏れてはならない事です。そのためにゴルフ場での警備を混乱させる必要があり、日本人の麻薬取引容疑者に犠牲になってもらったというのが真相のようです。

キム某とモハマド氏の接近は北朝鮮中央政府の知らぬところだったようで、後日キム某は帰国時にクアラルンプールの空港で顔に顔面神経剤を塗られて殺害されました。四人の工作員は逃げるように北朝鮮へ帰国した事は世界のニュースで知られる事となりました。モハマド氏は旅行先でフェリーから落ちて亡くなったと小さなニュースとして知らされました。ペナンのゴルフ場で起きた二つの事件がこれで繋がりました。しかしどちらの事件も真相は闇の中で、マレーシア政府は北朝鮮との接触など「なかった事」にしたいようです。

ユキラウンジの客の噂話は少し下火になったものの、バーテンダー・ハルーンに続いて客の森林氏まで事件で亡くしてユキママは店を続ける気力を失いつつありました。

国際結婚に憧れてマレーシアのスズ鉱山を持つ富豪の末裔と結婚したものの、男尊女卑の典型である一夫多妻のイスラムの風習になじめずに五年で離婚し、その時の手切れ金でカラオケラウンジを始めました。日本語は通じない外国で、女性一人で何と無謀だったことか。そんな時に力を貸してくれたのが、高齢で経験豊富なバーテンダー・ハルーンでした。ハルーンは日本語は理解しない寡黙なインド系マレー人でした。

幸い日本はバブル景気とかでマレーシアでの生産を拡大すべく次々と大規模な工場を建設し、そのための駐在員が大勢押しかけました。日本人向けのレストランやカラオケラウンジも次々と生まれました。ユキママには、相談相手もハルーン亡き後の用心棒もおらず、心細さを感じていた時に、自称大手出版社のマレーシア駐在員で、日本語、マレー語、中国語、英語を話すテニスのうまい独身記者にめぐり逢いました。彼はカラオケの客としてユキママに近付き、「深海《しんかい》」と名乗りました。

深海氏の滞在するホテルでの毎週末のテニスで距離が縮まったユキママは、歳は離れていてもルンルンの日々で、深海氏はラウンジではＶＩＰの扱いでした。ある日、深海氏から旅行の誘いがありました。行き先はユキママが行きたかった若者に人気のランカウイ島です。ユキママに異存はありません。ただ深海氏の訪問目的は聞かされておりません。ランカウイ島では深海氏は翌日から一人で行動し、キム某がマレーシアでどんな行動を取っていたのか、マレーの高官モハマド氏とはどのような話をしたのか、できるだけ多くの関係者から話を聞き出しました。その結果、キム某は様々な国を訪問し、北朝鮮の機密情報を流し、自分が最高責任者ならもっとよい国をつくれると吹聴していたことが分かりました。訪問国の共産化ではなく、北朝鮮の現体制への批判と非難が目的のようで、マレーシアにとって危険人物とは思われなかったようです。後日、クアラルンプールで消されたのは、あくまでもいらぬ事をしゃべりすぎた北朝鮮側のお仕置きであったようです。対応したモハマド氏が不慮の事故死を遂げたのは、北朝鮮の事を知りすぎたためという事でしょうか。

深海氏の知り得た事には新たな事実はなかったようです。ユキママは日中はプールとショッピングで過ごし、夜は期待通りの楽しいものでした。ランカウイの夕焼けは、それはそれは美しいものでした。しかし、ユキママは深海氏へ一抹の違和感を感じておりました。日中の外出先は教えてもらえず、ホテルでのチェックインの際カウンターに置かれたパスポートの色は日本のそれとは違いました。

イブニングクルーズでは最高の幸せを感じるはずのディナーが何故か不安に満ちたものとなってしまいました。その違和感はしばらく払拭される事はありませんでした。

ペナン島に戻ってからの深海氏の動きは以前の優雅な生活を楽しむものではなく、周囲には中国人らしき人が見え隠れしているようです。ユキママは理解しました。違和感があるパスポートの色は中国のものでした。という事は深海氏は中国人だったのです。何のために中国人である事を隠して日本人として振舞っていたのでしょうか。

マレーシアに限らずインド、モンゴル、ブータン等ベトナム、ラオスに続く中国周辺国の共産化は最大の政治懸念です。その仕掛け相手は以前はロシア、今は北朝鮮、中国と思われます。深海氏はマレーシアと北朝鮮の関係を探る中国の諜報員だったのでしょうか。

ランカウイ島に行った事、キム某とモハマド氏がどのような接触をしたのかをツアー客を装って調査した事。そのためのカムフラージュとしてユキママを利用したとしか思えません。中国系の国民が三割に近く、民間の多くの要職を担っているマレーシアの現実は、常に華人と言われる社会主義者のイデオロギーに晒されています。イスラム過激派の動きも異質です。いつまでも今の民主政治体制と経済発展を享受できるのでしょうか。

ランカウイ島から戻るフェリーでユキママが見た夕日は、ちょっと霞がかかっていた気がします。深海氏とはそれっきりです。

日本から遠く離れ一人で暮らすユキママは、長期滞在の日本人駐在員がカラオケで歌う「♪今日も暮れゆく異国の丘に　友よ辛かろ　切なかろ～」を口ずさみながら「日本に帰りたい」と改めて思いました。

（完）

森の薬剤師さん

エゾリスのナナちゃんが住んでいるのは北の国の「ピリカの森」です。そこには沢山の仲間たちが暮らしています。体の大きな仲間は熊さんやお猿さんやタヌキさんで、小さい仲間は野ウサギさん、フクロウさんやハリネズミさんもいます。それにカラスさんや鳥さんもいっぱいいいます。

「ピリカ」って美しいって意味で、木々や草花やお池がとてもきれいな森です。ナナちゃんのお父さんは森のお医者さんで、お母さんはお薬をつくる薬剤師さんです。ナナちゃんはお母さんのお手伝いで一緒に薬草を探すのが楽しくて大好きです。大きくなったら薬剤師さんになると決めています。

森の中には薬草がいっぱい生えています。でも中には薬草と見分けのつかない毒のある草があるので、覚えるのが大変です。トリカブト、イチイ、キョウチクトウ、スズラン、スイセン、ヒガンバナは怖い草だそうです。これを見分けるのが薬剤師さんなのだと思います。取った薬草はお外で乾燥させてからすり鉢で粉にしたり、お鍋でゴトゴトと煮て煮汁を集めたりします。お母さんが集めた薬草は「あまちゃづる」「アロエ」「柿の葉」「クコ」「熊笹」「杜仲」「どくだみ」「びわの葉」「シャクヤク」「ウコン」「ハト麦」「ヨモギ」「ラベンダー」などです。お母さんはどの薬草が何の病気に効くのかすべて分かるんです。

薬剤師さんのお仕事ってすごいです。

熊さんは何でも食べるので時々お腹を壊します。そしてナナちゃんのお父さんに「食べ過ぎですよ」って叱られてお薬を飲みます。お猿さんは元気が良すぎてケガが絶えません。お父さんは「またですかっ」って傷口を洗ってから薬をつけます。みんなすぐに治って「お医者さん有難う」って言います。ナナちゃんも嬉しくなります。

フクロウおじさんは昼間に眠って夜に活動するらしいです。でも昼間に眠れないって困ってお父さんの所へ来ました。少し太り気味でひどいめまいと耳鳴りがあるそうです。お母さんは秋に集めた「どくだみ」を粉にしたものをお水に溶かして渡しました。三日後に「おかげ様で良くなりました。夜のパトロールはお任せください」ってフクロウのおばさんからお礼の報告がありました。「無理はしないで、しばらく飲み続けるように」ってお母さんは言いました。夜道は怖いけれどフクロウおじさんが見守っていれば安心です。よかったです。

ボス猿はお年寄りです。時々ボーッとしてお空を見上げています。自分の家族の顔も分からないようです。「ボスは認知症かもしれないよ」とお父さんは言いました。「森を出て行くと道に迷って戻れないだろうから、お空から見張っているように」とカラスさんにお願いしました。認知症に効く薬草はないようですけど、進行を遅らせるには「イチョウの葉のエキス」が効くらしいです。お父さんはボス猿の家族にお家で注意する事をいろいろ教えてから薬を渡しました。森の仲間の協力も大事ですね。すでに次のボスが仲間をまとめていますので争いはなさそうです。

すぐに治るケガや病気ばかりではありません。ナナちゃんの友達のユミちゃんのおばあちゃんリスは重い病気です。お父さんは「アガリクスっていう薬草があれば良くなると思うヨ。でも近所のお山では見た事がないねェ」って言いました。お母さんとナナちゃんは初めて聞く名前で戸惑いました。標本で調べると見た事もないもので、キノコの一種という事は分かりました。お母さんと標本を片手にピリカの森の中を探し回りましたが見つかりませんでした。次の日は雨や風の強い日でしたが、隣の森で暗くなるまで探しました。しかし見つかりませんでした。

「アガリクス」という薬草は何処にもないようです。なかなか見つかりません。どうしても治らない病気ってあるのかお父さんに聞きましたところ、「治らない病気なんてないヨ」と言います。「生まれた時からの遺伝や体質は運命というものだけど、規則正しい生活と治療を続ければ、必ず良くなるヨ」と教えてくれました。あしたはお母さんともっと遠くの森に行って探してみます。

今日は熊さんの赤ちゃんのデビューです。赤ちゃんは冬眠中に生まれて春にお母さんと一緒に森に出てきて皆さんにお顔を見せます。みんな楽しみに待ってました。虫さんたちも鳥さんたちもみんながそっと見守っていたんです。お医者のお父さんは用心のためにスタンバイしていましたが、無事に生まれたようです。ピリカの森の仲間には赤ちゃんで生まれるお誕生とタマゴからかえるお誕生とがある事をナナちゃんは知りました。ユミちゃんに教えてあげます。熊さんやお猿さんは赤ちゃんで生まれるけど、フクロウさんやカラスさんはタマゴから生まれるんですって。可愛い赤ちゃん熊を見てみんな大喜びです。これからは薬草集めの時に小さいどんぐりをいっぱい集めて熊さんに届けます。

薬草も木の実もお父さんが子供の頃に比べると少なくなったらしいです。このままどんどん草も木も少なくなるのかしらとナナちゃんは心配です。大食いの熊さんや体の大きな仲間も好きなだけ食べてたらなくなってしまいます。なくなったらどうするのでしょう。隣の森へ引っ越しするのでしょうか。でも隣の森だって同じです。食べた分は増やさないとピリカの森がなくなってしまいます。食べた草や木の実の種を土に埋めるとまた新しい芽が生まれる事をナナちゃんは知っています。みんなで話し合って大好きで大切な森を守ろうと思います。

今夜は満月です。みんなが広場に集まって秋の音楽会です。お父さんもお母さんも熊さんも生まれたての赤ちゃんもいます。司会進行役のお猿さんとタヌキさんは大張り切りです。みんなそれぞれ草笛や打楽器を持って集まりました。そこにナナちゃんの友達のユミちゃんとおばあちゃんリスも来てくれました。そうです、おばあちゃんリスは元気になったのです。音楽会の十日前に「アガリクス」が見つかったのです。怖いヘビやムカデに追われながら、お母さんと一生懸命探しました。そして遠くの森のもっと深くの枯れて朽ちた木の根元でナナちゃんはついに見つけました。お母さんと走って帰ってから「アガリクス」を煎じておばあちゃんリスに届けたのです。音楽会の日に元気になったおばあちゃんリスはナナちゃんへお礼と言って、かごいっぱいの大好きなひまわりの種をくださいました。ナナちゃんはお礼を言われてとても嬉しかったです。みんなの役に立つ立派な薬剤師さんになれそうな気がしました。

さあ、楽しい音楽会の始まりです。ふだんは怖そうなお父さんもお猿さんやタヌキさんやキツネさんたちと楽器の演奏に合わせて大きな声で歌っています。お母さんたちは踊りです。キツネさんに、タヌキさんに、お猿さんに、熊さんに、みんな上手に楽しそうに踊っています。池に映ったお月さまも笑っているようです。

秋の音楽会が終わると多くの仲間は食料の蓄えを始めます。特に冬眠の習慣のある熊さんは毎日いっぱい食事をします。いっぱい栄養を取って長く眠る準備をします。タヌキさんやキツネさんは冬眠はしません。リスや小さい動物でも冬眠する仲間はいます。寒い冬を元気に越えられるかどうかで決まります。ナナちゃんたちエゾリスの仲間は冬眠をしません が、冬には草や木の実がなくなりますので、冬の準備にどんぐりやクルミの実を今のうちに集めます。お父さんとお母さんは大雪に備えて病院を少し高い木の上に移します。新しい太い木に巣穴を開けました。新しい病院です。そこでナナちゃんの家に赤ちゃんが生まれました。ヒロちゃんと言います。弟の誕生でナナちゃんは嬉しくて嬉しくてたまりません。毎日毎日、ヒロちゃんと遊んでいますが、ヒロちゃんは誰の後にもついて行っちゃって困ります。新しい病院の最初の患者はお猿さんでした。くしゃみが止まらず鼻水を流しています。寒くなると、タヌキさんやキツネさんもやってきます。

ある日の事。大変です、夕方、弟のヒロちゃんの姿が見えません。病院から帰るキツネさんについて行ってしまったようです。ナナちゃんの家族は木の上で暮らしていますが、キツネさんは草むらの穴の中で暮らしています。高い所からは見つかりません。ヒロちゃんはまだおっぱいが欲しい赤ちゃんです。ナナちゃんは心配で心配で、お父さんとお母さんとユミちゃんとで近所を探し回りました。お猿さんもタヌキさんも心配して探してくれます。だんだん暗くなるけれどヒロちゃんは見つかりません。ヒロちゃんはキツネさんをリスの仲間と思ってついて行ったのかもしれません。手分けして探しているところへキツネさんがヒロちゃんを抱いてやってきました。ナナちゃんたちは喜ぶ気持ちはありませんでした。それはヒロちゃんがグッタリしていたからです。キツネさんにお礼を言って急いでお家に連れて帰りました。お医者のお父さんは「おっぱいをいっぱい飲んで、お母さんが用意した薬草のヨモギでちょっとお熱を下げればすぐに元気になるよ」と言いました。それを聞いてみんな安心しました。ヒロちゃんはキツネさんの後を追ったのですが、追いつけずに疲れて、お腹も空いて泣きべそをかいて草むらでグッタリしていたところをキツネさんに見つけられたようです。ナナちゃんは安心して嬉しくて、そしてヒロちゃんから目を離した自分の責任を感じて涙が止まりません。そんなナナちゃんにお母さんは「大丈夫よ。よかったね」と言いました。それを聞いてまた涙があふれました。お医者さんと薬剤師さんと森のみんなの助け合いがあってピリカの森の動物たちは平和に生きられるのだと思いました。

そしてまたピリカの森に次の春が来ます。木の根っこにはまだ雪は残っています。

（完）

老いらくの同好会

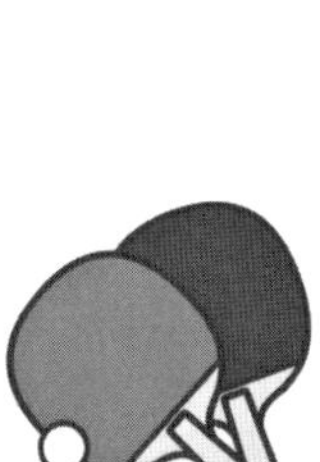

ちょっと困った事件があったのは年末恒例の忘年会の時でした。毎月徴収する卓球同好会の会費の中から捻出された費用で年に一度、近隣の温泉で忘年会を企画しています。この年の忘年会は我々の住む相州市内の久蔵温泉でした。

宿では温泉に浸かってから早速宴会開始です。今年の同好会幹事の七十八歳の酒西さんの挨拶と、会長という名の万年世話役の私、板谷三郎の乾杯の一声で無礼講の開始です。多少の卓球経験があり声も体も大きな八十一歳の山辺さんが会を仕切り始め、みんなにお酒を注いでまわり、女性にカラオケを強要し始めました。山辺さんお気に入りの七十代の女性の加島さんとデュエットを始めたのはいいんですが、歌のエンディングでみんなが見ているステージで、まさかの抱擁とキスを犯してしまったのです。よくある見苦しい酔っ払いの行為ではありますが、実は加島さんは今年の幹事役の酒西さんと不倫中でして、一部のメンバーの知るところで宴会場に気まずい空気が流れました。案の定、お酒の入った酒西さんは頭に血が上り、ステージに駆け上がり山辺さんの頬に一発の平手打ちです。会場は凍り付き、うわー修羅場か。この場を収めるのが私の役目です。カラオケマイクを持って「♪愛しても、愛しても～あああ～他人《ひと》の妻～」なんて歌って笑いを取り、この場を茶番劇にして一次会を早々に締めました。あとは小人数グループでの二次会にして、この日はお開きです。

二十年前に大手食品メーカーを定年退職した私、板谷は友人の紹介でＪＲ相州線の野望駅の市営駐輪場に職を得ました。持病の糖尿で週三日のみです。空いた日に体を動かそうと国体出場の経験を活かして再開したのが卓球です。地域の中高年を募り、同好会での指導をボランティアとして始めまして、すでに十五年目になります。市の公民館を利用して平均年齢七十五歳の男女二十五名前後の活動で、週に一～二度汗を流しております。ひと昔前ならまさしく老人会と呼ばれる年寄り集団ではありますが、なんと元気いっぱいで学生の如くボールを打ち合ったり、時には忘年会でもめたりしています。

同好会は基本的に入会に条件はありません。性別、年齢、経験を問いませんので、「いろんな人たち」が集まります。「いろんな人たち」を仕切るのが私の役目です。以下が現在の「いろんな人たち」の中の主役たちです。

八十五歳、男子最高齢のＡさんは卓球が飯より好きです。ただお腹の手術痕があって通院で体力を維持しており、練習は皆勤です。奥様はやめてほしいと言っていますが、まぎれもない生き甲斐としての卓球ですので、どのように接するか私が悩むところです。

七十四歳、女性のKさんは物忘れが多いです。ご主人が理解した上で預けられました。体力的には全く問題ありませんし、卓球の基本的ルールも理解してます。問題は時々ラケットの持ち方が分からなくて立ち尽くしたり、自分のボールが無くなったと騒いだり、公民館に歩いてきたのに帰りに自転車が無いと騒いだり……ってな事です。開かれた地域活動が趣旨ですので、やさしく見守っています。入会した一年前より信じられないくらいしっかりしたように見えます。

八十六歳、女子最高齢のSさんはツエをついて練習にみえます。ツエを卓球台に立て掛けてゆっくりのラリー（打ち合い）を楽しみます。打てるコースは限られますので、相手をするのは難しく私が指名されます。ご主人も息子さんも亡くし、会話のない嫁との暮らしの中で卓球のみが楽しみとおっしゃっています。同好会の存在意義を再認識します。

七十五歳のIさんは社交的でおしゃべりな奥様で、七十九歳のご主人とご夫婦で会員です。Iさんを中心に練習が始まる前のおしゃべりが盛り上がっています。おしゃべりが日常の家事を離れた親睦、息抜きとも言えますので、まあいいかと思っています。部活ではなく同好会ですから。ここが仲間のうわさ話の震源地のようです。

七十七歳、男性のKさんは初心者です。でもどこの世界にもいる「教え魔」です。自分はラリーもできないのに他人のコーチをします。フォームを直します。教えられた方は困った顔をしていますが、Kさんの顔を立てて聞いているふりをしております。私は特訓と称してKさんに基本を厳しく教え込みますが、上達は期待できません。それでもKさんは新たに入会された女性の指導を始めまして、その女性はいつの間にか来なくなりました。申し訳なく思っています。「教え魔」ってゴルフの世界には大勢いるようで、理論も経験もなく、自分がたまたま上手く打てたスタイルを他人に教える病気のようです。Kさんに限らずいろんな人にいろんなコーチをされ、誰の言う事を信じたらいいんですかと言う会員はいます。

一昨年、不登校児童を支援して勉強をみている特別学級が体育として卓球を取り入れたいと応援を依頼されました。月一の指導でしたが、生徒はキャッキャ、キャッキャとはしゃいで、楽しんでくれました。一年間続きましたが、新年度に担任が変更になったら体育はなくなりました。担任から私への説明もお礼の挨拶もなしです。ボランティアなんですよね。

五十二歳で女性のピアノ教室の先生が入会しました。Hさんと言います。自宅にはグランドピアノがある独身のセレブのようです。どうやらダイエットが目的のようでした。卓球は少しの経験があるようですが、七十代、八十代のおじいちゃん相手ではプライドが許さなかったようで熱が入りません。少し若い男性がお相手すると大いにのってきて練習では汗をいっぱいかいて、何キロ減ったとか喜んで報告してくれます。

彼女の家が私の自宅から国道を挟んだ隣町であった事から私が車でピックアップしていました。何の深い意味もなく、ただ近いというだけでした。毎回の送り迎えですから時には家族の事もおしゃべりします。特別な話題などあるはずもありません。Hさんを送り届ける時にはお母様が挨拶にみえる事もあり、時にはお礼と称して旅行のみやげ物などをくださいます。お父様はすでに他界されて母と娘二人の三人暮らしのようです。週末はピアノの生徒さんで賑やかですとおっしゃっています。私の人生への小さな波紋にはこのセレブの家族が関わります。

お母様と何度かお会いしているうちに、「一度、昼時に寄って頂き、お食事などいかがでしょう」という自然の成り行きでお誘いを受けました。卓球は午前中の練習日は昼には解放されます。私の家内は弓道のシニア選手ですので、週に三日は終日の道場通いで、基本的にその日の私は外食です。そんな日はお食事でもと言われると断る理由はありません。次の練習日にはお寄りしますとの約束を交わしました。

五十二歳の娘さんを後期高齢者の私が送り迎えしても好意を持ったり持たれたりはないでしょうが、まさか母親が好意を示してくださるとは思いもしませんでした。おそらく七十代であろうと思われますが、今まで私の知る同年代にくらべて圧倒的に気品のある方でした。

食事はセレブらしいイタリア風の上品なパスタでおいしく頂き、食後のコーヒーは地中海風味との事で、私には初めての香りでした。

ところが食後のおしゃべりで、お母様は胃癌のステージⅢで近々入院予定であるとの事。にわかに重い話になりました。毎日不安で不安でたまらない事を訴えられました。もとよりお節介で世話好きな私が聞き流すはずもありません。症状は、病院は、手術は、身内の如く耳を傾けました。そして友人・知人のガンサバイバーの話をして、過度の心配はいらないと諭しました。お母様の顔からみるみる不安が消えるかに見えましたが、その時から相談に乗った事で私自身の日常の気がかりが増えてしまいました。これは何なのでしょう。好意以上のものかもしれません。娘さんの送り迎え時には必ずお母様とも言葉を交わします。極上の笑顔を見せ合います。今の我が家の夫婦生活には何の不満もありません。幸せそのものです。胸もときめかない「老いらくの同好会」での老後を満喫していたはずです。

一方、卓球同好会の方にも気になる事があります。多くの会員が自転車で来られる中で私の車に乗り込むHさんに対しての当然の陰口です。例の人たちです。今後の送り迎えは控えようと思いますが、お母様にはお会いしたい。入院、手術を控えていますし。

悩みに悩んだすえ、ずばり家内にすべてを話しました。少しの後ろめたさはありますし、家内の妬みは覚悟はしていましたが、「お母様がご病気では力になってあげましょう。私が一緒に伺ったらどうでしょう」と、すばらしい提案をしてくれました。目が覚めた気持ちです。やっぱり私の妻は最高の人です。二つの家族が助けられた気がしました。

私がお節介焼きで他人の事で自分を追い詰めてしまう事を一番よく知っている人。非難する事なくじっと見守ってくれる人。こんな人がそばにいる限り私、板谷三郎の第二の人生は穏やかに過ぎるでしょう。早速二人で伺いますと連絡を入れました。

その後入院されたとお聞きしましたが、私から様子を問うのはやめました。私に平穏なセカンドライフが戻り、同好会を楽しんでいます。

駐輪場の仕事は七十五歳が定年という事でしたので余暇は卓球同好会のみで今年八十歳を迎えました。地域の高齢の方々に卓球をお教えし、それぞれの方が老後の生き甲斐の一つとして、体力維持、仲間との交流をめざして同好会活動を享受しておられたら、これが私のライフワークとなろうと思っています。


（完）

八十歳の「戦後」

北朝鮮天才演奏家の亡命

北朝鮮銀河水管弦楽団のコンサートマスター、M氏は平壌音楽大学を卒業後、モスクワのチャイコフスキー音楽院で学んだ。その後、北朝鮮国内の最高峰を競う芸術コンクールにて入賞し、モスクワ留学中には、モスクワ・パガニーニ国際コンクールで入賞するなどその経歴は実に輝かしいもので、金正日にバイオリンの名器ストラディバリウスを買い与えられた。

しかし、時代が変わり金正恩になって独裁者の威信を守るためという理由で演奏活動は制限された。基本的に北朝鮮での芸術は最高指導者を称え、社会主義体制を誇示するものでない限り抹殺される。一九七五年、M氏はヨーロッパの定期公演中に処刑を逃れて北朝鮮警察の厳しい監視の中で亡命を図った。いわゆる「脱北」をニュースが伝えた……。

田室《たむろ》家の逃避行

田室家は日本統治下の北朝鮮の咸鏡南道に住み、父親は日本人学校の校長として群馬県から赴任していた。近くには師範学校や朝鮮学校もある中規模の都会であった。子供たちは長男の私と長女和歌子、次男晃一の三人で、皆、北朝鮮生まれであった。家庭は比較的裕福で、父は尺八を嗜み、結婚前には群馬の小学校で音楽の先生をしていた母のお琴との合奏を楽しんだ。音痴の父がいつも調子を外して母に叱られて「もういい、やめた」と言っていた記憶が私にはある。

私と妹の和歌子は小学校の高学年となり、大戦の戦時下では学校に行っても田植えや草取りの勤労奉仕が多くなってきた。妹は大変器用で母の古い着物の端切れで日本人形を作っては家族や近所の朝鮮人の友達を喜ばせた。私と五歳の弟晃一は二人とも工作が大好きで板や竹でおもちゃを作っては楽しむ毎日であった。ある時は庭の柿の木の枝を切りナイフで凧やコマを作ったが、その際、晃一が左手甲に深い三日月形の傷を作って出血して母親を驚かせた。

落ち着いた生活も、日本の敗戦が決定的になり、一九四五年には参戦したロシア軍が北朝鮮の日本人を襲い、町は修羅場と化した。日本人の家は焼かれ、治安を守る警察官は凍土を開拓するシベリアに連れていかれ、逆らえば銃殺された。田室家は居住地の日本人住民と共に収容所に入れられた。成年男子のほとんどはロシアに連行されてしまったが、父は校長だった事もあり連行は免れ、多くの母子家庭の集団をまとめて日本への脱出を画策した。

ロシア兵を手なずけるのは金銭であるが、収容所に入れられた時に現金はすべて没収され、あるのは足袋の底に隠したり、赤ん坊の肌着に隠したわずかなお金だけである。父は小銭を集めてロシア兵に渡して、「南」への逃亡を見逃させた。リュックサックに最小限の荷物を詰め込み、他のものは捨てるか、世話になった朝鮮人にあげた。この頃はまだ八十名近い日本人集団であったが、父は村の朝鮮人と交渉して寝るための軒下を借りたり、小さな子供たちのために荷車を借りたりした。逃避行は厳しく、病気や飢えで息絶えた赤ん坊やお年寄りがいるし、和歌子や晃一の友達も朝鮮人に売られたり捨てられたりした話を聞いた。またロシア兵に犯されて命を絶った若い女性も一人や二人ではなく、仮眠しているとと「マダム」「マダム」と言いながらロシア兵が襲う。家族に犠牲が出ても悲しむ気力も失せつつあり、集団は五名減り十名減り、国境近くでは半分になっていた。

ロシア兵が駐留する北朝鮮とアメリカ兵が守る韓国との軍事境界線である北緯三十八度の国境の山地や川越えは命がけであった。凍死を避けて四月を待って深夜に湿地帯に入った。ロシア兵は三十分毎の巡回との情報を得ていたので襲撃を逃れ時を待ち、音を立てずに突破する事を考え、小さい子供を肩に乗せ、女性の手を引き決行した。雪解けの川は氷のように冷たかったが、子供たちは声を立てずに胸まで水につかりながら歩いた。暗闇の中で恐怖の行軍であり、常に家族とはぐれないか確かめ合った。一晩中歩いてようやく町に辿り着いた。多くのアメリカ兵がいた。「助かった」と思った。が、弟の晃一がいない。

国境の手前まではリュックを背負った和歌子と手をつないでいたのだが、川を渡る前に「おしっこ」と言ってちょっと列を離れた。そこで和歌子は晃一を見失ってしまったようだ。私たちは引き返す事はできず、周囲の誰に聞いても「晃一」「こうちゃん」「左手に傷のある子供」を知る人はなく、暗闇での集団の中で起こった事であり探す事は困難であった。誰か知らない家族について国境を渡ったと信じて、私たちは重い足取りでアメリカ軍の基地に向かった。

基地では予防注射と体中にシラミ防止のＤＤＴを掛けられた。父はそこから最後の残り少ないお金でトラックを雇い、避難民収容所のある京城に着き、やっと逃避行が終わった。男装していた女性は顔の墨を洗い落とした。しかし、五歳の弟晃一はついに見つからなかった。周囲には北朝鮮人に拉致された噂が流れた。日本人の子供は頭がいいから養子に欲しいという話は聞いた事があった。

ここからは日本政府が用意した引き揚げ者用貨物列車で釜山まで行き、引き揚げ船で下関へ向かった。父が先導して生還した日本人約四十名は帰郷先を教え合ってここで別れた。悪行三昧のロシア兵のいる北朝鮮なんて二度と来るものか、と私は思いつつ一方で、逃げ遅れたり、捨てられた多くの日本人や親切だった朝鮮人が大勢暮らしている事が辛く思い出された。

日本での暮らし

私たち一家は故郷群馬に戻ったものの住む家はない。遠い親戚の養蚕農家の空き小屋を借りて生活を始めた。一九四六年の帰国であったが、父は同年の暮れに過労により帰らぬ人となってしまった。まさに「戦死」である。母は私と妹を抱え、極貧生活を余儀なくされ悲しむ暇もなかった。実は父が亡くなった時に母のお腹には子供がいた。晃一の生まれ変わりかもと喜んだが、母が極度の栄養失調でお乳が出ずに赤子は生まれて間もなく亡くなった。田室家は三人だけの貧しく寂しい引き揚げ母子家庭になった。

食事は麦飯とサツマイモの毎日で、近所のお百姓が食べるお正月のお餅やお祭りのお赤飯が私と和歌子は羨ましくてならなかった。村で話題の満州から帰還する父親や兄弟の話は少しの希望を持たせたが、国交のない北朝鮮からの帰還は待つ望みさえもないと聞かされた。しばらくは路頭に迷ったが母の教員免許が身を助け、間もなく村内の小学校の音楽教員として職を得た。帰国後一年経っても晃一の消息は不明で、「認定死亡」として役所の戸籍から抹消された。


三人の母子家庭での生活は厳しいものであった。重なる不幸に見舞われ私は運命を恨んだが、母は天職とも思える音楽教育の機会を頂けた仕事と、天性の楽天的性格で新たに趣味となった短歌に没頭した。短歌の才能には見るべきものがあり、多くの専門家の高い評価を得、『昭和の万葉集』に収録された。

私と妹は母の音楽への造詣で、貧しい生活の中で母が大好きなバイオリン教室に通わされた。楽器も月謝も安くないし、近くの町の教室へのバス代も家計には負担と思われたが、私たちは親孝行と思ってバイオリンに打ち込み、私はコンクールに推されるようになり、普通高校から音楽大学へ進み、母は大そう喜んでくれた。

私のバイオリニストとしての音楽活動の都合で一家は群馬から東京に生活拠点を移したが、貧乏な音楽家である事に変わりはなかった。母はここで七十二歳の生涯を終え、父の眠る公営墓地に祀られた。そこには認定死亡の田室晃一の名も刻まれている。

日本の領土拡張の夢に乗せられて、海を渡った前途ある父や母が「引き揚げ者」の名の下に苦難を強いられて帰国した家族に政府はどう落とし前をつけ、どう労ってくれるのだろうかと思う。それでも私は北朝鮮に対する嫌悪感はなかった。晃一は今も何処かで暮らしていると信じているからでもある。

そして

一九九〇年、私が家族とＮＨＫの音楽テレビ番組を見ていた時、北朝鮮の生んだ天才バイオリニストとの紹介があり、一人の演奏者が映され、テロップの名はＭ氏とあった。そしてバイオリンを支える左手の甲に傷のような影が見えた。更にアップにされたその左手甲の傷痕は、まぎれもなく「三日月」であった。

「こうちゃんだ」

思わず声をあげた。

『晃一は生きていたんだ』

ナレーションでは一九七五年に亡命して、一昨年パリの某所で亡くなったと言っている。五歳で国境で見失ってから一昨年までは存命だった事になる。

会いたかった。父と母に会わせたかった。家族とはぐれてさみしかったでしょう。家族を怨んだでしょう。言葉の通じない人たちとの生活は大変だったでしょう。

でもこれだけは伝えたい。「私たちは決してあなたを捨てたのではありません」。父も母ももういないけれど、一時もあなたを忘れた事はありませんでした。ごめんなさい。本当にごめんなさい。

バイオリニストであった事は私との縁を強く感じます。信憑性の検証は容易ではないでしょうが、M氏が私の弟晃一であると信じます。間違いなく晃一です。そう信じる事で八十歳を迎えた私の「戦後」を終わらせる事ができます。

（完）

＊『平和の礎　海外引揚者が語り継ぐ労苦』（平和祈念事業特別基金編纂）他を参考にしました。

あとがき

出版のお話を頂き、近年書き溜めた短編小説をまとめました。もとより老人の嗜みですので内容に一貫したテーマはありません。同世代の皆様の励みになれば幸いです。

作品『八十歳の「戦後」』は自分史に創作を加えたものです。北朝鮮には残留日本人がまだ存命と思われますが、国交がない事で戦後処理が一向に進みません。日本で待つ老齢家族にはまだ「戦後」は終わっていない心根を題材にしました。

その他、各物語もあくまでも創作ですので、題材は身近なものですが、人物はすべて私の愛する方々がモデルの架空のものです。誤解を生むような表現があったらお許しください。

年々できる事は少なくなり、増えるのはクリニックの診察券のみの八十歳です。ものの本には「老いは受け容れろ」とありますが、相変わらずジタバタもがいております。

田所すゝむ

二〇二三年十一月

著者プロフィール
田所 すゝむ（たどころ すすむ）
1943年、北朝鮮咸鏡南道生まれ。群馬県前橋市出身。
1966年、千葉工業大学卒業。
同年、ソニー株式会社入社。
2004年、同社定年退職。
2005年、海外事業経営コンサルタント開業。
2017年、相模原市国際交流協会理事長就任。

八十歳の「戦後」

2024年５月15日　初版第１刷発行

著　者　田所 すゝむ
発行者　瓜谷 綱延
発行所　株式会社文芸社
〒160-0022　東京都新宿区新宿1－10－1
電話　03-5369-3060（代表）
03-5369-2299（販売）

印刷所　株式会社フクイン

ISBN978-4-286-25280-3　JASRAC 出 2309183 － 301